STUNTS KYUBANME NO GHOST
de Sora Daichi

First published in Japan in 2023 by Kodansha Ltd., Tokyo.
Publications rights for this French edition arranged through Kodansha Ltd., Tokyo.

Édition française
Traduction depuis le japonais : Éléonore Mahmoudian
Correction : Juliette Lemaître
Lettrage : Anne Demars

Couvent Sainte-Cécile – 37, rue Servan – 38000 Grenoble

ISBN : 978-2-344-06233-3
Dépôt légal : mai 2024

Imprimé en Italie en avril 2024 par L.E.G.O. S.p.A.,
sur papier provenant de forêts gérées de manière durable

www.glenat.com

Next Volume

DÉCOUVREZ TOUTES LES FACETTES DES GHOST AFFAIRS !!

Un deuxième Ghost apparaît devant James !

POURRA-T-IL SE SORTIR DE CETTE SITUATION DÉSESPÉRÉE AVEC UN OTAGE ?

Quel est l'objectif derrière ces Ghost Affairs...

dont les contours deviennent de plus en plus nets ?

VOLUME 2
À PARAÎTRE

STUNTS
The Ninth Ghost

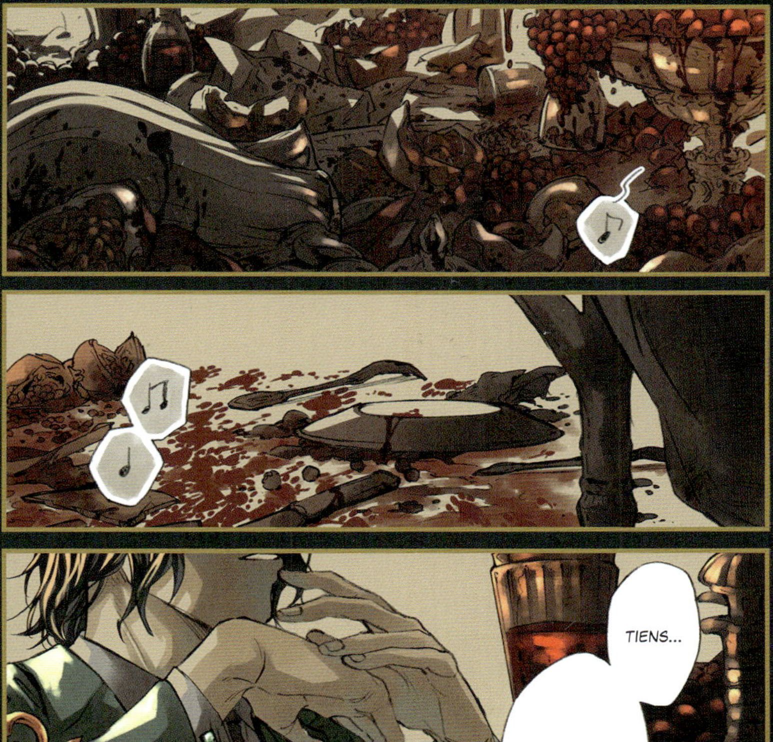
TIENS...
JE ME DISAIS AUSSI QUE TOUT ÉTAIT TROP CALME, D'UN COUP.

ELLE EN A MIS VRAIMENT PARTOUT.
MOI QUI PENSAIS EN AVOIR CHOISI UNE BIEN ÉLEVÉE...
ENFIN... ÇA RESTE UNE BÊTE.
J'AI EU CE QUE JE VOULAIS, ALORS...

1er acte

"WHO KILLED COCK ROBIN?", PREMIÈRE PARTIE

ONE WAY
ONE WAY
JE SUIS VRAIMENT À NEW YORK !!
ÇA DOIT FAIRE UNE HEURE QU'IL EST PLANTÉ LÀ, EN PLEINE EXTASE.
TYPIQUE D'UN PROVINCIAL QUI DÉCOUVRE LA GRANDE VILLE.
HI HI !
BOM
OH... PARDON.
FAIS GAFFE !
HUMPF
QUEL PIGEON !
JE SAIS PAS D'OÙ IL SORT, MAIS C'EST COMME S'IL M'AVAIT DEMANDÉ DE LE DÉLESTER.
IL EST JAPONAIS, OU QUOI ?
IL A QU'À CONSIDÉRER QUE JE LUI OFFRE SON BAPTÊME NEW-YORKAIS...

EUH... EXCUSEZ-MOI.
C'EST MON PORTEFEUILLE ...
...
HEIN ?
T'INSINUES QUOI, LÀ ?!
FRR
TU VEUX QUE JE TE BUTE, SALE MERDEUX ?!

GRAB
AÏE !
MÊME SI CELA RESTE UN DÉLIT DE NIVEAU E, LE PLUS LÉGER PARMI LES DÉLITS AGGRAVÉS, LE VOL À LA TIRE EST UN CRIME.
SELON LE PARAGRAPHE 4 DE L'ARTICLE 155.30 DU CODE PÉNAL DE L'ÉTAT DE NEW YORK, C'EST UN DÉLIT DE VOL AGGRAVÉ.
FRR
FRR
ET COMME MA CARTE DE CRÉDIT SE TROUVE À L'INTÉRIEUR, L'ARTICLE 165.45 EST ÉGALEMENT APPLICABLE.
JE VOUS CONSEILLE DE ME LE RENDRE.
HUH ?
TE...

TE FOUS PAS DE MA GUEULE !!
WOOM
OUH LÀ !
BLAM
BLAM
BLAM
BLAM
SÉRIEUX ?
DASH
HÉ !

HÉ OH ! ATTENDS !!
HERO
IL ME RATTRAPE !
!!
DÉGAGE !!
BOM

NICK !!
GRAB

BOUM
BIM
NOOOON !!
ILS SONT TOMBÉS !
DOM
TU N'ES PAS BLESSÉ ?
OUIIIN !
WAAH
NICK !!

FRR
FRR
ET TOI, JEUNE HOMME, ÇA VA ?
OUI, PAS DE PROBLÈME. MAIS...
CONNAÎTRIEZ-VOUS UN LIEU OÙ JE POURRAI AVOIR UNE VUE D'ENSEMBLE SUR LE QUARTIER ?
Hii
Hii
Haa
ÇA... ÇA DEVRAIT ALLER...
ICI, IL NE ME TROUVERA PAS.
Haa
IL M'EN A FAIT VOIR DE TOUTES...
LES COU...
HERO

TROUVÉ !
BAM
CO...
COMMENT T'AS FAIT ÇA ?!
D'OÙ TU SORS ?
CRITCH
...
SHLAK
WOAAAAH !!

BADAM
EURK !
SBOM

URGH...
PIRE QUE LE VOL...
CLANK
TU AS MIS UN ENFANT EN DANGER, EN LE POUSSANT !
FRSH
TU DOIS ÊTRE PUNI EN CONSÉQUENCE, TU NE CROIS PAS ?
ORDURE !!
A...
ATTENDS, T'ES QUAND MÊME PAS...
UN FLIC ?!
PAF
BURGH ?!

*N.D.T. : *New York Police Department*, service de police de la ville de New York.

NYPD
Commissariat de la 31e division
WAAAAH...
JE SUIS VRAIMENT AU NYPD !
NE TOUCHEZ À RIEN, OK ?
ON EST DANS UN COMMISSARIAT.
AH...
PARDON !

QUI EST CE GARÇON ?
IL A ATTRAPÉ UN VOLEUR QU'ON RECHERCHAIT ... ET JE PRENDS SA DÉPOSITION.
James Mart
06/09/00
BROWN
"JAMES MARTIN"...
AH, MAIS C'EST LUI !
QUOI, TU LE CONNAIS ?
IL PARAÎT QU'IL EST DANS LE TOP DES NOUVELLES RECRUES POUR LA PROCHAINE PROMOTION DE L'ACADÉMIE DE POLICE.
IL A DÉCROCHÉ LE DEUXIÈME MEILLEUR SCORE DE L'HISTOIRE À L'EXAMEN ÉCRIT ET AU TEST D'APTITUDES PHYSIQUES.
IL EST CÉLÈBRE AVANT MÊME D'INTÉGRER L'ÉCOLE...
QUOI ?! UN GAMIN PAREIL ?!
EH OUI, LES APPARENCES SONT TROMPEUSES ...
J'AI ENCORE PLUS DE MAL À CROIRE QU'IL A 21 ANS.

ET...
ELLE EST OÙ, LA NOUVELLE RECRUE ?
PLUS LÀ.
QUOI ?!
À PROPOS...
GRUMPF !
GRUMPF !
LE NOM "MARTIN"...
ZUT...
JE ME SUIS PERDU.
SDIIING
HÉ, TOI...
C'EST INTERDIT AUX CIVILS, ICI.
GLOUPS

E... EXCUSEZ ...

JA...
JACK !
ARGH
JAMES ?
QUE FABRIQUES-TU ICI ?
MONSIEUR MARTIN !

EXCUSEZ-MOI DE VOUS DÉRANGER. L'INSPECTEUR SOUHAITE VOUS PARLER, ET ÇA SEMBLE URGENT.
TIP TIP
TRÈS BIEN, J'ARRIVE TOUT DE SUITE.
JAMES !!
GLOUPS
UH...
VOUI !!
JE DOIS TE PARLER, APRÈS.
TU AS INTÉRÊT À DÉCROCHER QUAND JE T'APPELLE !
HÉ, JEUNE HOMME, TU ES LE PETIT FRÈRE DE MARTIN, LE SUBSTITUT DU PROCUREUR ?
WAAH !!
AYE, SIR...
OUI...
C'EST PAS VRAI !!
KYAA !!

C'EST QUI, DÉJÀ ?
IMBÉCILE !
JACK MARTIN, LE SUBSTITUT DU PROCUREUR ! LE "CHEVALIER DE LA JUSTICE" DU BUREAU DU PROCUREUR DE MANHATTAN !
UN ÊTRE NOBLE QUI APPLIQUE AVEC IMPARTIALITÉ LA JUSTICE AU TRIBUNAL.
EN PLUS, IL EST TELLEMENT BEAU !
KYAA
UN VÉRITABLE CHEVALIER !!
TU NE LUI RESSEMBLES PAS...
TU ES VRAIMENT SON FRÈRE ?
REGARDS SUSPICIEUX
...
JE SUIS BEL ET BIEN LE FRÈRE CADET DE JACK MARTIN.
MAIS ...

J'EN SUIS TELLEMENT FIER QUE ÇA ME DONNE DES FRISSONS...
JAMES !
AH !
VOUS AVEZ BIEN TRAVAILLÉ, MONSIEUR LE SUBSTITUT DU PROCUREUR !
DIS DONC, TOI...
STOP !!
ÉPARGNE-MOI TON SERMON.
ONE
CARMINE ST
ONE WAY
JE VIENS D'ARRIVER À NEW YORK...
TU M'EMMÈNES VISITER ?

*N.D.T. : environ 2092 km.

JE NE VOULAIS PAS TE DÉRANGER...
TU VOIS ?
TU NE M'AS MÊME PAS PRÉVENU QUE TU ÉTAIS ACCEPTÉ À L'ACADÉMIE DE POLICE.
J'ÉTAIS INQUIET. TU NE RÉPONDAIS JAMAIS, QUAND JE TE CONTACTAIS.
GLURPS
JE NE VOULAIS PAS TE REVOIR...
AVANT D'ÊTRE DEVENU POLICIER, COMME PROMIS.
AAAAH !!
JE PRÉFÉRAIS ÉVOLUER À MORT, ET QUE TU SOIS SURPRIS EN ME VOYANT...
TU AS ÉTÉ ADMIS AVEC D'EXCEL-LENTES NOTES, NON ?
RIEN QUE ÇA, C'EST IMPRES-SIONNANT.

NAN ! TOUT NE COMMENCERA QU'AU MOMENT OÙ JE DÉCROCHERAI MON DIPLÔME.
MES NOTES ACTUELLES NE SIGNIFIENT RIEN !
J'IRAI À TON ASSERMENTATION.
PITIÉ, PAS ÇA !
C'EST DE L'ABUS D'AUTORITÉ !
TUT
TUT
BAM
!

VROUM
FAIS GAFFE !
FIOU
JAMES ?
AH !
OH, PARDON.
JE N'AI PAS FAIT EXPRÈS...
POP
ぱっ
JACK...
NE VOIT PRESQUE PLUS DE L'ŒIL GAUCHE.
ATTENTION, JAMES !!
BOM

BEDFORD
JAMES...
ARRÊTE DE PLEURER.
ENFANT, IL S'EST BLESSÉ À LA TÊTE LORS D'UN ACCIDENT...
ET SON ŒIL GAUCHE EN GARDE LES SÉQUELLES.
OUAF
C'EST MOI...
C'EST MA FAUTE !
MAIS...
J'AI RUINÉ TON RÊVE.

ARGH
WOH !
AH !
NON, ARRÊTE !
HA HA !
EH OUI. GRÂCE À TOI, IL EST ENCORE EN VIE.
CRUNCH
CRUNCH
SI TU AVAIS HÉSITÉ UNE SECONDE POUR LE SAUVER...
IL SERAIT MORT ÉCRASÉ.
M... MAIS...
ÉCOUTE, JAMES...
IL EST VRAI QUE JE NE PEUX PLUS ÊTRE POLICIER...
NYARK
ET ALORS ?
JE N'AI QU'À DEVENIR PROCUREUR !
PROCUREUR ?

LES POLICIERS ATTRAPENT LES MÉCHANTS...
ET LE PROCUREUR LES JUGE POUR LEURS CRIMES.
MON OBJECTIF RESTE LE MÊME.
POUR DE VRAI ?
OUI.
DONC, JAMES...
DEVIENS POLICIER. ET MOI, JE SERAI PROCUREUR.
COMME ÇA, À NOUS DEUX, ON POURRA PROTÉGER TOUT LE MONDE.
PROMIS !

BON, ALLONS-Y !
OÙ ÇA ?!
TROP SOUDAIN !!
CHEZ MOI.
ALLEZ, VIENS. JE VAIS TE SOIGNER.
HEIN ?
OUPS
VU TES MOUVEMENTS DE TOUT À L'HEURE, JE SAIS QUE TU ES BLESSÉ À L'ÉPAULE.
AH... NON...
HÉ HÉ HÉ...
PAS LA PEINE DE RIRE COMME SI DE RIEN N'ÉTAIT.

ET PUIS, ON EST ENFIN RÉUNIS...
ALORS J'AI ENVIE DE DISCUTER TRANQUILLEMENT AVEC TOI.
HERO
TU NE VEUX PAS ?
AUJOURD'HUI, À NEW YORK, LE TEMPS SERA NUAGEUX ET PLUVIEUX.

ONE W
LA PLUIE TOMBERA DANS LA NUIT…
ET UN ORAGE RISQUE D'ÉCLATER.
TU DEVRAIS PRENDRE UN PARAPLUIE POUR SORTIR.
06
MOUAIS …
OH, ÇA A L'AIR BON.
HU HU HU !
J'ESPÈRE BIEN !
C'EST DIMANCHE PROCHAIN, L'ASSERMENTATION ?
OUI.
FINALEMENT, JE VIS CHEZ TOI DEPUIS NOS RETROUVAILLES... DÉSOLÉ...
SNIF
7 DAY FORECAST
SAT SUN MON TUE WED THU FRI
77 76 66 61 63 64 71
57 56 52 51 53 55
LIAM MARTINEZ
Ha ha ha!
JE NE PEUX PAS TE LAISSER DANS UNE CHAMBRE EN COLOCATION À 200 DOLLARS PAR MOIS...
ÇA SIGNIFIE QUOI, UNIQUEMENT LE COULOIR ?

CETTE FOIS, ON Y EST.
OUAIS !
ENFIN !
HA HA HA HA
DANS SIX MOIS, J'AURAI TELLEMENT PROGRESSÉ ET JE RÉSOUDRAI TELLEMENT D'AFFAIRES QUE LES PROCUREURS N'ARRIVERONT MÊME PAS À SUIVRE !
JE COMPTE SUR TOI.
APRÈS TOUT, ON POURSUIT CE RÊVE DEPUIS QU'ON EST GAMINS.
HEIN ?
VOICI UN BULLETIN D'INFORMATIONS SPÉCIALES.

ON A RETROUVÉ LE CORPS D'ANDREW MILLS, ANCIEN OFFICIER DU NYPD, PORTÉ DISPARU DEPUIS LE 28 DU MOIS DERNIER.
SON CORPS PORTANT PLUSIEURS COUPURES, LE NYPD CONSIDÈRE QU'IL A ÉTÉ VICTIME D'UN HOMICIDE ET RECHERCHE LE COUPABLE.
ENCORE UN...
L'ASSASSIN À L'ORIGINE DU CARNAGE DE POLICIERS N'A TOUJOURS PAS ÉTÉ ARRÊTÉ.
POURTANT, ÇA FAIT DÉJÀ DEUX ANS.
NON...
JACK, PARMI LES CAS QU'ON T'A CONFIÉS, Y EN A-T-IL CERTAINS QUI N'ONT PAS ÉTÉ RÉSOLUS ?
...
BIEN SÛR, OUI.

PARFOIS, LES CHARGES SONT ABANDONNÉES FAUTE DE PREUVES, OU BIEN LA MORT DU SUSPECT NOUS OBLIGE À LÂCHER UNE AFFAIRE.
MÊME POUR LES AFFAIRES CLASSÉES, IL ARRIVE QUE LE CONDAMNÉ CLAME SON INNOCENCE JUSQU'À SA MORT EN PRISON.
JE NE VEUX PAS Y PENSER, MAIS DANS CE CAS...
ÇA SIGNIFIE PEUT-ÊTRE QUE LE VÉRITABLE COUPABLE COURT TOUJOURS.
LE VÉRITABLE COUPABLE ...
ON SE DÉBAT COMME DES FOUS POUR DÉCOUVRIR LA VÉRITÉ, MAIS...
EN FIN DE COMPTE, LE COUPABLE, LA VICTIME ET DIEU SONT LES SEULS À LA CONNAÎTRE.
...

ENFIN BON.
FRSH
!
DÉSOLÉ DE ME PLAINDRE AUTANT.
JE VAIS Y ALLER.
MERCI POUR LE REPAS.
ALORS ...
ON DOIT LUTTER DE TOUTES NOS FORCES...
POUR QUE LES CHOSES SOIENT UN PEU PLUS JUSTES !
OUI...

TU AS RAISON.
QUELQU'UN A AFFIRMÉ QUE TU POUVAIS "CHANGER LE COURS DES CHOSES", TEL UN JOKER.
SHAA
IL PLEUT À VERSE.
IL EST EN RETARD...

SON PARAPLUIE EST RESTÉ LÀ...
JE NE SAIS PAS SI JE SUIS CHANCEUX OU MALCHAN-CEUX...
MAIS DEPUIS MON ENFANCE, J'AI TENDANCE À ÊTRE EMBARQUÉ DANS DES HISTOIRES...
PILE AU MOMENT OÙ LE VENT TOURNE, EN BIEN COMME EN MAL.
SPLASH
DONC J'AI DÉCIDÉ DE M'IMPLIQUER DE MON PLEIN GRÉ...
POUR LEUR DONNER À TOUTES UNE MEILLEURE FIN.

SHAA
LE BUREAU DU PROCUREUR DE MANHATTAN...
C'EST PAR ICI ?
IL PLEUT DES CORDES...
BROM BROM
ÊÊK
VOILÀ LE TONNERRE !
SHAAA
JE DOIS ME DÉPÊCHER...

AH !?

SHAAA
?!
J'AI PAS RÊVÉ ?
UN HOMME...
EST TOMBÉ ?!
...

バシャ
SPLICH
バシャ
SPLICH
バシャ
SPLICH
SPLASH
バシャ
SHAAA
Ha
Ha

PLAF
SPLICH
SPLICH
ÇA VA ?!
NOH
TENEZ BO...
BRR
...
GWOM
...
SHAA
URGH...
BLERGH ...
BROM BROM

CRAC
CRAC
!!
SBOM
MERDE !
GRAB
CLANG
JE VAIS LE COINCER !!

CLANG
CLANG
CLANG
CLANG
SWOOSH
PAS UN GESTE !!
SPLICH
Ha
CET HOMME...
Ha
EST LE COUPABLE...

AH...
カチャ...
CLIC

JAMES...
QUE FAIS-TU LÀ ?
SHAAAA
JA...
JACK ?
OH...
TU ES VENU M'APPOR-TER UN PARA-PLUIE ?
MER...

SHLAK
SCRITCH
Ha
Ha
MAIS QU'EST-CE QUE TU AS ?
ON CROIRAIT QUE TU AS VU UN MONSTRE.
POUR-QUOI...

ES-TU AUSSI CALME ?!
C'EST TOI...
QUI AS TUÉ CET HOMME ?!
RÉPONDS-MOI, JACK...
JACK !!
DÉSOLÉ...
JAMES.

HEIN ?
SPLAF
SPLASH

TU AS TOUT À FAIT RAISON …
C'EST MOI QUI L'AI TUÉ.
ET TU EN ENDOSSERAS LA RESPONSA-BILITÉ EN MOURANT…
JAMES.

Ha
KEUF
OUPS ...
KEUF
KEUF
MON PAUVRE...
J'ESPÈRE QU'AU CIEL...
TU POURRAS ENFIN INTÉGRER LE NYPD.
F.IOU
F.IOU
SKLONK
F.IOU...

...
CET HOMME N'EST PAS MON FRÈRE.

MAIS ALORS, QUI ES-TU ?

SHAAA

BLING
EH BIEN...

ENTAMONS LA CINQUIÈME RÉDEMPTION.

STUNTS

SPECIAL TACTICS UNCONVENTIONAL TEAMS

SHAAA
ザァァァ
C'EST MOI QUI L'AI TUÉ.
MAIS QU'EST-CE QUE TU AS ? ON CROIRAIT QUE TU AS VU UN MONSTRE.

KEUF
HEIN ?
DÉSOLÉ...
JAMES.

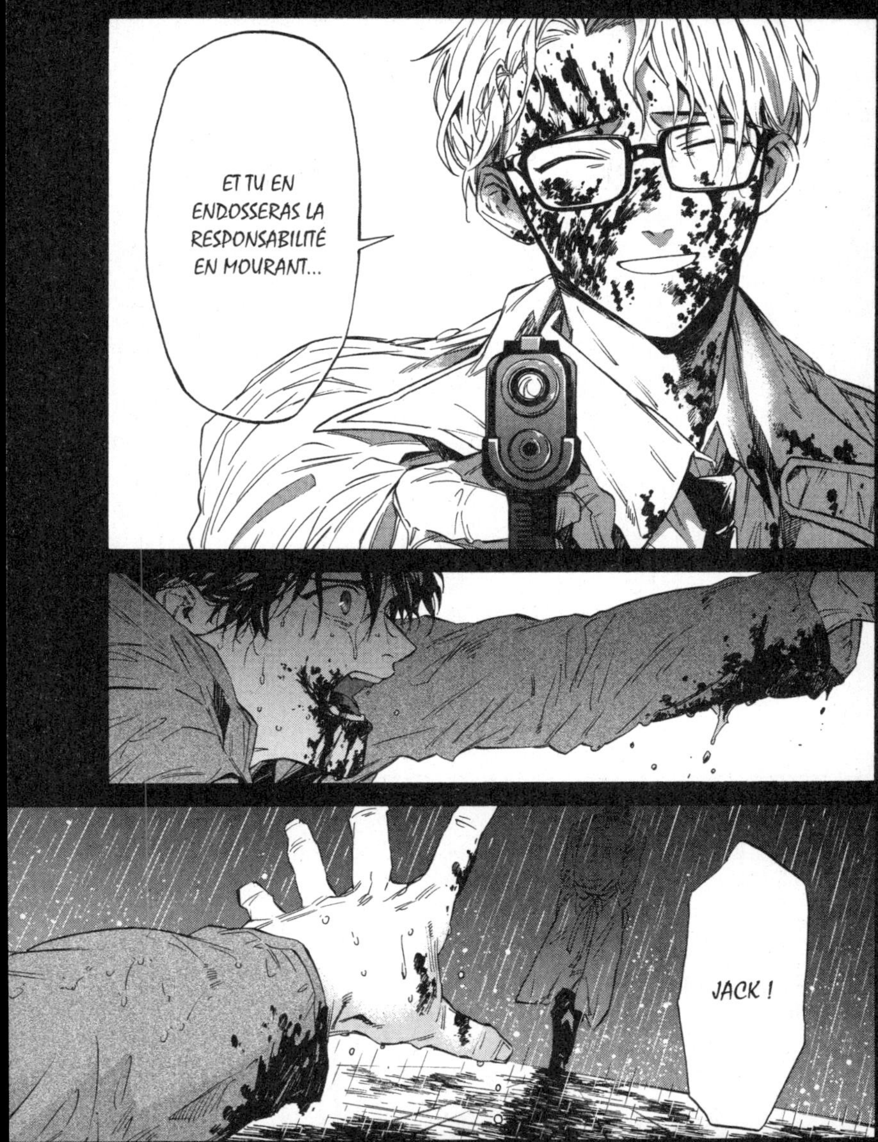
ET TU EN ENDOSSERAS LA RESPONSABILITÉ EN MOURANT...
JACK !

JACK!
BIP
BIP
Ha
CLANK!

...
CLIC
TU AS REPRIS CONNAISSANCE ?
!
FBI
FBI
ENCHANTÉE, JE SUIS...
MATILDA EVANS, AGENT DU FBI.
DEPARTMENT of INVESTIGATION
BUREAU OF JUSTICE
FBI
THIS CERTIFIES THAT THE SIGNATURE AND PHOTOGRAPH HEREON AN APPOINTED
SPECIAL AGENT Matilda Evans
OF THE FEDERAL BUREAU OF JUSTICE UNITED STATES DEPARTMENT OF INVESTIGATION
Special Agent
EXPIRE

DU FBI ?
TU ES VRAIMENT DANS UNE MAUVAISE SITUATION.
TU SERAS BIENTÔT INTERROGÉ...
EN TANT QUE PRINCIPAL SUSPECT DU MEURTRE DU PROCUREUR ADJOINT.

2e acte

"WHO KILLED COCK ROBIN?", SECONDE PARTIE

LA VICTIME DE CETTE CHUTE MORTELLE...
WILLIAM CARTER AVAIT VINGT-CINQ ANS DE CARRIÈRE AU BUREAU DU PROCUREUR DE MANHATTAN.
IL ÉTAIT PROCUREUR ADJOINT.
TU T'ES EFFONDRÉ AVEC DEUX BALLES DANS LE CORPS SUR LE TOIT D'UN IMMEUBLE...
AVOISINANT L'ENDROIT OÙ ON A TROUVÉ SON CADAVRE.
L'ARME RAMASSÉE SUR LES LIEUX APPARTENAIT À MONSIEUR CARTER. IL S'EN SERVAIT POUR SA PROTECTION.
TU AS ÉTÉ GRAVEMENT BLESSÉ...
ALORS QUE VOUS VOUS DISPUTIEZ SUR LE TOIT.
TU AS RÉUSSI À LE POUSSER, MAIS TU N'AS PAS PU T'ENFUIR...

AINSI...
TU AS TUÉ LE PROCUREUR ADJOINT EN LE FAISANT TOMBER...
FBI
FBI
FBI
QUOI ?!

!!
SHLAK
URGH !
SBOM
?!
TENTER UNE PERCÉE DE CETTE MANIÈRE...
FAUT ÊTRE SOIT INTRÉPIDE, SOIT COMPLÈTEMENT STUPIDE.

IL A EMBARQUÉ LA BARRIÈRE AVEC LUI POUR ESSAYER DE S'ENFUIR...
BAM
SBAM
LAISSEZ-MOI PARTIR !!
JE DOIS POURSUIVRE LE COUPABLE !!
COMMENT ?

LA VICTIME N'EST PAS MORTE DE SA CHUTE !
ELLE AVAIT SUBI UNE BLESSURE MORTELLE ...
AVANT DE TOMBER DU TOIT !
JE L'AI VU...

PENDANT SA CHUTE, J'AI VU QUE...
SON ŒIL DROIT AVAIT ÉTÉ LACÉRÉ !!
EXACTEMENT. EN S'ÉCRASANT, LE CORPS A ÉCLATÉ COMME UNE BOMBE À EAU, DONC L'AUTOPSIE ÉTAIT COMPLIQUÉE…
UN MEURTRE À L'ARME BLANCHE ?

IL AVAIT UNE COUPURE À L'ŒIL DROIT.
ET TRÈS PROFONDE, EN PLUS.
IL N'EST PAS MORT DE SA CHUTE.
JE PENSE QU'ON L'A POUSSÉ POUR CACHER LES DÉGÂTS AU CERVEAU, ET DONC LA BLESSURE MORTELLE...
...
TU N'ES PAS UN SUSPECT, MAIS UN TÉMOIN, DANS CE CAS...
FOP
?
NE TE MÉPRENDS PAS. TOUT À L'HEURE, JE T'AI DONNÉ LES CONCLUSIONS DU NYPD...
ET NON MON OPINION.
IL FAUT ÉCOUTER JUSQU'AU BOUT.

MOI, JE SUIS VENUE ICI POUR VÉRIFIER LES FAITS.
TON TÉMOIGNAGE EST PARFAITEMENT CRÉDIBLE.
CETTE AFFAIRE POURRAIT ÊTRE LIÉE À LA PERSONNE QUE JE RECHERCHE.
SI TU SAIS QUELQUE CHOSE, J'AIMERAIS QUE TU M'EN PARLES, JAMES MARTIN.

TU AS VU LE COUPABLE ?
"LUTTER...
POUR QUE LES CHOSES SOIENT UN PEU PLUS JUSTES..."

LE COUPABLE...
EST JACK MARTIN.
MON FRÈRE AÎNÉ.
S'IL VOUS PLAÎT, AIDEZ-MOI.
JE DOIS LE CONFRONTER AVEC LA VÉRITÉ !!

ICI EVANS.
LE SUSPECT RECHERCHÉ EST JACK MARTIN.
IL EST SOUPÇONNÉ DU MEURTRE DU PROCUREUR ADJOINT.
J'AIMERAIS QUE VOUS TROUVIEZ SA PISTE ET QUE VOUS LE SURVEILLIEZ DE TOUTE URGENCE.
JE ME DIRIGE VERS SON DOMICILE.
D'ACCORD. JE COMPTE SUR VOUS.
JAMES !
OUI !
AS-TU NOTÉ QUELQUE CHOSE, PAR RAPPORT À LA VICTIME OU AU SUSPECT ?

COMME L'ÉTAT DE LA SCÈNE DE CRIME OU L'ASPECT DU COUPABLE...
SON POIGNET...
SON POIGNET ?
LE BRAS DE LA VICTIME ÉTAIT COUPÉ AU NIVEAU DU POIGNET.
IL LUI MANQUAIT UNE MAIN.
ON M'A EXPLIQUÉ QUE LE CORPS AVAIT ÉTÉ TRÈS ENDOMMAGÉ PAR LA CHUTE...
QU'IL MANQUAIT DES MORCEAUX... CE N'EST PAS ÇA ?
NON... CE N'ÉTAIT PAS UNE BLESSURE CIRCONSTANCIELLE.

LE POIGNET GAUCHE A ÉTÉ SECTIONNÉ...
PAR UNE LAME AIGUISÉE.
SECTIONNÉ ?
MAIS DANS QUEL BUT ?
LE PROCUREUR ADJOINT ÉTAIT DÉJÀ MORT AVANT DE S'ÉCRASER.
DANS CE CAS, POURQUOI AVOIR PRIS LA PEINE DE LE FAIRE CHUTER ?
UN STRATAGÈME POUR CAMOUFLER LA CAUSE DE LA MORT ?
OU ALORS PAR RANCŒUR ?

HUMPF
NON...
AGENT EVANS !
IMPOSSIBLE DE LOCALISER JACK MARTIN !
CE MATIN, IL A SOUDAINEMENT DEMANDÉ UN CONGÉ PROLONGÉ À SON TRAVAIL.
IL NE RÉPOND PAS À SON TÉLÉPHONE, ET PERSONNE NE L'A VU DEPUIS QU'IL A QUITTÉ SON BUREAU HIER, À L'HEURE RÉGLEMENTAIRE.
!!
D'ACCORD.
POURSUIVEZ LES RECHER-CHES.
SHAAA

WAH

J'AI RÉCUPÉRÉ LA CLEF.

MAIS ALORS...
HEIN ?
CE QU'IL A VOULU CACHER EN BALANÇANT LE CADAVRE N'ÉTAIT PAS LA BLESSURE MORTELLE À L'ŒIL...
MAIS LE POIGNET COUPÉ !

LA CAUSE DE LA MORT IMPORTE PEU.
JE PENSE QU'IL N'AVAIT PAS PRÉVU DE FAIRE PORTER LE CHAPEAU À QUELQU'UN SANS ARME DU CRIME...
IL A JUSTE SU SE DÉBARRASSER D'UN TÉMOIN GÊNANT.
MAIS IL A DÛ QUITTER LES LIEUX EN VITESSE...
ALORS QU'IL COMPTAIT RESTER PLUS LONGTEMPS POUR ACCOMPLIR SON VÉRITABLE OBJECTIF.
ATTENDS, TU SOUS-ENTENDS QUE LA MAIN DISPARUE SERAIT LIÉE AU PLAN DU COUPABLE ?
MAIS À QUOI ELLE LUI SERVIRAIT ?
C'EST UNE "CLEF".
ELLE SERT À...
OUVRIR UNE SERRURE, NON ?

LES EMPREINTES DIGITALES !
!!
MAIS IL EXISTE MILLE FAÇONS D'UTILISER LES EMPREINTES DU PROCUREUR ADJOINT !
OÙ VA-T-IL SE MANIFESTER ?
AU BUREAU DU PROCUREUR DE MANHATTAN.

UN ENDROIT OÙ SEUL **LE SUBSTITUT DU PROCUREUR JACK MARTIN** POURRAIT ENTRER...
ET OÙ IL POURRAIT AU MIEUX TIRER PROFIT DU STATUT DE LA VICTIME.
FONÇONS AU BUREAU DU PROCUREUR DE MANHATTAN !!
ON PEUT ENCORE L'ATTRAPER !!
CRIIIK
CRIIIK
CRIIIK

VROUM
DITES !
OUI ?
C'EST QUOI...
CE QUE VOUS POURSUIVEZ, MATILDA ?
MON FRÈRE EST-IL VRAIMENT...
UN "GHOST".

UN FANTÔME, VOUS VOULEZ DIRE ?
J'ENQUÊTE SUR LES DISPARITIONS INEXPLIQUÉES...
DANS L'ENTOURAGE DES VICTIMES.
FBI
MATILDA...
TU VAS FINIR PAR TE MORDRE LA LANGUE, À FORCE DE PARLER !

J'AI UNE HYPOTHÈSE À VOUS SOUMETTRE.
LAQUELLE ?
ÇA RISQUE DE VOUS PARAÎTRE RIDICULE...
MAIS...
GRIP
CONCERNANT LE COUPABLE...

Bureau du procureur de Manhattan
TIENS ?
VOUS NE DEVIEZ PAS PARTIR EN CONGÉ AUJOURD'HUI, MONSIEUR MARTIN ?
SI, MAIS J'AVAIS UNE AFFAIRE À TRAITER EN URGENCE.
À CETTE HEURE-CI ? JE COMPATIS.
JE FERMERAI, NE VOUS INQUIÉTEZ PAS.
MERCI !
JE RENTRE, ALORS...
BONNE SOIRÉE.
JE VOUS EN PRIE !
NEW YORK COUNTY
WILLIAM CARTER
Assistant District Attorne
Archives Room
William Carter, procureur adjoint, salle des archives

CLAC
♪
CLAC
コツ
CLAC
コツ
♪♪
♪

FIOUP
Bi
BIP
"Identification terminée. Démarrage du système..."
dentity verification completed.
ystem startup...
Danger!
CLIC
CLIC
CLIC
Secret...
TCHAK
Extracting files, please wait...
9%
Cancel

VLAM

BAM
TIENS, MAIS QUI VOILÀ ?
TU ES REVENU DU PARADIS EXPRÈS POUR EMBÊTER TON FRÈRE...
JAMES ?

SI JE M'ATTENDAIS À ÇA...
JE SUIS DÉJÀ SURPRIS DE TE REVOIR VIVANT MALGRÉ TA BLESSURE...
MAIS JAMAIS JE N'AURAIS IMAGINÉ QUE TU ME BALANCERAIS AU FBI.
ON N'EST PAS CENSÉS S'AIDER, ENTRE FRÈRES...
JAMES ?
OUAIS, MAIS SI JE T'AVAIS COUVERT...
JACK M'AURAIT SÛREMENT TAPÉ...
PARDON ?

QUI...
ES-TU ?

TA BLAGUE N'EST PAS DRÔLE, JAMES.
TU VIENS DE PARER UN COUP VENANT DE LA GAUCHE...
SWIP
FBI
MAIS À CAUSE DE MOI, JACK...
NE VOIT PRATIQUEMENT PLUS DE L'ŒIL GAUCHE !
...
GRAB
!!
TAC

BADAM
DOM
BLURGH
BA-DAM
KEUF ...
ARH...
JE CROYAIS QUE TU FONÇAIS TÊTE BAISSÉE...
MAIS TU EN AS DANS LE CIBOULOT !
DIS-MOI, QUE JE NE RÉPÈTE PAS LA MÊME ERREUR...

QUAND T'EN ES-TU RENDU COMPTE ?
TU AS DÛ VENIR ICI EN AYANT LA CERTITUDE...
QUE JE N'ÉTAIS PAS JACK MARTIN, NON ?
TU NE SAIS RIEN...
NI DE JACK, NI DE NOUS.

JE NE SAIS RIEN ?
IL ÉTAIT IMPITOYA-BLEMENT JUSTE...
ET TERRIBLE-MENT GENTIL.
JACK...
AURAIT PU MOURIR POUR QUELQU'UN, MAIS IL N'AURAIT JAMAIS CHOISI...
DE DEMANDER À QUELQU'UN DE MOURIR À SA PLACE !!
TU T'EN SOUVIENS ?

LE MATIN DU MEURTRE ...
TU AS DIT QUE C'ÉTAIT NOTRE RÊVE. MOI, POLICIER...
ET TOI, PROCUREUR.
CETTE FOIS, ON Y EST.
APRÈS TOUT, ON POURSUIT CE RÊVE DEPUIS QU'ON EST GAMINS.
À LA BASE, MON FRÈRE VOULAIT ÊTRE POLICIER !!
IL A DÛ RENONCER À SON RÊVE...
À CAUSE DES SÉQUELLES À SON ŒIL GAUCHE.

JAMES...
DEVIENS POLICIER. ET MOI, JE SERAI PROCUREUR.
"COMME ÇA, À NOUS DEUX, ON POURRA PROTÉGER TOUT LE MONDE"...
LOIN DE ME BLÂMER, JACK...
A TRANSFORMÉ SON RÊVE EN PROMESSE.
IL N'A PAS RÉALISÉ SON SOUHAIT...

IL A TENU SA PROMESSE !!
CLAP
CLAP
CLAP
CLAP
CLAP
?!

TU FAIS QUOI ?!
MAIS JE T'APPLAUDIS !
CLAC
MÊME SI VOUS ÊTES LIÉS PAR LE SANG, JE SUIS IMPRESSIONNÉ QUE TU AIES RESSENTI UN TEL DÉCALAGE ET QUE TU AIES DEVINÉ QUE J'ÉTAIS UN IMPOSTEUR.
JE SUIS FORCÉ D'ADMETTRE QUE JE N'AVAIS PAS ASSEZ PRÉPARÉ MON RÔLE.
CLAC
AH, JE VOIS...
TU RESSEM-BLES BEAUCOUP À TON FRÈRE.
QUOI ?
CE REGARD.

QUAND JE PRÉPARE UN RÔLE, J'AI POUR PRINCIPE...
DE TOUJOURS PRENDRE LA PARTIE LA PLUS PRÉCIEUSE DE LA PERSONNE QUE J'INCARNE.
QUAND JE ME FERAI PASSER POUR TOI...
JE CHOISIRAI LA MÊME CHOSE QUE POUR LUI.
!!
PAF
FBI
PLOC
PLOC

Haa
Haa
Haa
Haa
TIENS...
COMME TU ES LE PREMIER À M'AVOIR PERCÉ À JOUR, JE DEVRAIS TE RÉCOMPENSER...
CE NE SERAIT PAS DRÔLE, SINON.
JE VAIS RÉPONDRE À TA QUESTION.

JE SUIS UN "GHOST".
IL PARAÎT QU'ILS M'APPELLENT COMME ÇA, MAINTENANT.

UN GHOST ?!
HÉ HÉ !
N'EST-CE PAS...
MADAME L'AGENT ?

!!
VOUS TRAVAILLEZ BIEN TARD.
VOUS ALLEZ ME PRENDRE EN TENAILLE POUR M'ATTRAPER. UN GRAND CLASSIQUE.
À MOINS QUE VOUS ESPÉRIEZ M'EMPÊCHER D'ATTEINDRE MON BUT EN ME FAISANT PARLER...
JE ME TROMPE ?
!!

QUOI QU'IL EN SOIT...
CE PETIT TEMPS DE DISCUSSION M'A AUSSI ÉTÉ TRÈS PROFITABLE.
?!
PAN
PAN
PAN
BAM

VOUS AVEZ FAIT PREUVE DE JUGEMENT, MAIS...
J'AURAIS PRÉFÉRÉ QUE VOUS ÉVITIEZ LE VISAGE.
COMMENT ?

ME VOILÀ BIEN EMBÊTÉ...
QUAND TU ME REGARDES AVEC CES YEUX-LÀ...
SPLOTCH
ÇA ME DONNE ENVIE DE PRENDRE L'AUTRE...
!!
WOO
MAIS MALHEU-REUSE-MENT...
LE SPECTACLE TOUCHE À SA FIN.

SUR CE...
BADAM
PERMETTEZ-MOI DE FERMER LE RIDEAU.

DES GRENADES !!
VA-T...

DASH
FBI

BOUUM
SCRATCH
...
JAMES ?!
CLING CLING

GRAB
ATTENDS !!
CET HOMME N'EST PAS NORMAL. SI TU LE POURSUIS...
JE DOIS L'ARRÊTER !
SI JE NE L'ATTRAPE PAS MAINTE-NANT...
JE NE POURRAI PAS PROUVER L'INNOCENCE DE MON FRÈRE !
SI JE RESTE LÀ...
JACK SERA TOUJOURS CONSIDÉRÉ COMME LE COUPABLE !!
!!
JE NE SUIS TOUJOURS PAS...

DEVENU POLICIER.
ET JE N'AI PAS ENCORE...
EU LE TEMPS DE M'EXCUSER.
JACK !!

JAMES !
QUE FAIS-TU LÀ ?
ILS M'ONT DEMANDÉ DE PARTIR...
PARCE QUE JE PORTE MALHEUR.
SNIF
ÉCOUTE...
MOI, JE CROIS QUE TU ES TOUJOURS LÀ OÙ LA CHANCE TOURNE.

TU SAIS, COMME UN JOKER DANS UN JEU DE CARTES.
UN JOKER ?
IL S'AGIT D'UNE CARTE SPÉCIALE QUI PEUT ÊTRE UN ATOUT COMME UN MALUS.
JE PENSE QUE DIEU T'A OFFERT CE RÔLE.
ET SI ÇA VA DANS LE MAUVAIS SENS ?
ALORS LÀ...
ÇA IRA FRANCHEMENT MAL.
HEIIIN ?!
OUIIN !
HA HA HA !
NE TE LAISSE PAS ABATTRE.
MÊME SI TU TE RETROUVES DANS PLUSIEURS MAUVAISES SITUATIONS, TU DOIS TOUJOURS CROIRE EN TOI.

PARCE QUE TANT QUE TU ES LÀ...
LES CHOSES PEUVENT TOUJOURS TOURNER DANS LE BON SENS.
ÇA VA ALLER.
TIENS BON, PETIT FRÈRE.
JE SUIS FIER DE TOI.

JA...
JE SAIS.
JACK...

BADAM
!
NE TE LÈVE PAS TROP VITE...
MATILDA !
CET HOMME...
ON LE RECHERCHE MAIS ON N'A AUCUNE PISTE.
POUR LE MOMENT, ILS ONT CLOS L'AFFAIRE EN CONSIDÉRANT QUE JACK MARTIN ÉTAIT LE MEURTRIER.
PARLEZ-MOI DE...

L'ENQUÊTE QUE VOUS MENEZ... DE CET HOMME... CE "GHOST"...
JE VEUX LUI PASSER LES MENOTTES MOI-MÊME !!
TU SAIS...

ON UTILISE CE TERME POUR DÉSIGNER DES PERSONNES MÊLÉES À UNE SÉRIE DE CRIMES...
DANS LESQUELS IL Y A TOUJOURS UN DISPARU.
CE SONT TOUTES DES "COLD CASES", DES AFFAIRES NON ÉLUCIDÉES.
ET NOUS, NOUS LES APPELONS ...
LES "GHOST AFFAIRS".
TAP
TAP

TAP
TAP
VOUS POURREZ RAPPORTER LA CLEF À L'ACCUEIL AU MOMENT DU CHECK-OUT.
IL PUE L'AL-COOL !
BON SÉJOUR...
HMM
407
CLAK

JE JURE SOLENNEL-LEMENT…
DE SUIVRE LA LOI DES ÉTATS-UNIS D'AMÉRIQUE …
DE RESPECTER LA LOI DE L'ÉTAT DE NEW YORK…
DE REMPLIR MON DEVOIR AVEC LOYAUTÉ …
ET DE DONNER LE MEILLEUR DE MES CAPACITÉS …
EN TANT QUE POLICIER DE LA VILLE DE NEW YORK.

BIENVENUE AU NYPD.
パチパチ
CLAP CLAP
パチパチ
CLAP CLAP
QUE DIEU VOUS BÉNISSE.
パチパチ
CLAP CLAP

3e acte

"IF YOU GAZE LONG INTO AN ABYSS…"

Une semaine plus tôt
CE SONT TOUS DES "COLD CASES", DES AFFAIRES NON ÉLUCIDÉES.
ET NOUS, NOUS LES APPELONS ...
LES "GHOST AFFAIRS".
DES GHOST AFFAIRS...
LORS DE LA DERNIÈRE D'ENTRE ELLES, TON FRÈRE EST DEVENU UN SUSPECT...
PUIS IL A DISPARU.
ET SI **LES PORTÉS DISPARUS ÉTAIENT EN RÉALITÉ INCARNÉS PAR QUELQU'UN D'AUTRE**, DANS TOUTES CES AFFAIRES ?
NOUS DEVONS ATTRAPER CET HOMME...
À TOUT PRIX !
JAMES ...

ES-TU PRÊT À PARTICIPER À L'ENQUÊTE SUR LES GHOST AFFAIRS ?
JE VAIS TE RECOMMANDER COMME AGENT.
SI TU VEUX ARRÊTER CET HOMME, C'EST LE MOYEN LE PLUS EFFICACE ET LE PLUS RAPIDE.

TU N'AS PAS BESOIN DE RÉPONDRE TOUT DE SUITE...
ATTENDS D'ABORD QUE TES BLESSURES GUÉRISSENT.
TU DEVAIS ENTRER À L'ACADÉMIE ...
S'IL VOUS PLAÎT !
HEIN ?
J'AI DÉJÀ PRIS MA DÉCISION !
POUR RÉTABLIR L'HONNEUR DE MON FRÈRE...
JE FERAI TOUT POUR ARRÊTER CET HOMME !!

HI TAM
HI TAM
TAM HI
HI HI TADAM
...
SKROUIK
HI HI HI TADAM
HI TADAM
C'EST VRAIMENT UN CENTRE D'INVESTI-GATION, ÇA ?
EN TOUT CAS, TU NE SERVIRAS À RIEN, AVEC TES BLESSURES.
TIENS, MON NUMÉRO. QUAND TU SERAS RÉTABLI, VIENS AU CENTRE D'INVESTIGATION.
OUI !
D'ACCORD...
TAP
TAP
MAIS CE N'EST NI UNE SECTION DU FBI, NI LE SIÈGE OU UN COMMISSARIAT DU NYPD.
C'EST CARRÉMENT UNE RUINE !
JE SUIS VENU CAR ELLE M'A INVITÉ...
JE VAIS APPELER MATILDA POUR VÉRIFIER...
TU ES JAMES MARTIN ?

OUAH !
VLAM
ELLE L'A VRAIMENT RECRUTÉ...
ATTENDS, TU PEUX DÉJÀ BOUGER AVEC LES BLESSURES QUE TU AS SUBIES ?
DE QUOI TON CORPS EST CONSTITUÉ ?
IL A ÉTÉ RECOMMANDÉ PAR L'AGENT EVANS, DONC ON EST OBLIGÉS DE LE PRENDRE ...
MAIS POURQUOI NOUS ENVOYER UN TYPE AUSSI BANAL ?
GRUMPF
GRUMPF
EUH... PARDON ?
HA...
SUIS-MOI.

JE VAIS T'EMMENER DANS LE CENTRE D'INVESTIGATION.
STUNTS
CTICS UNCONVENTIO

UNE TELLE INFRASTRUCTURE SOUS CETTE RUINE...
ILS ONT ACHETÉ CE THÉÂTRE ABANDONNÉ IL Y A PLUS DE CINQUANTE ANS...
POUR EN FAIRE NOTRE QUARTIER GÉNÉRAL.
ICI, NOUS N'ENQUÊTONS QUE SUR DES AFFAIRES SPÉCIFIQUEMENT LIÉES À LA SÉCURITÉ NATIONALE.
BIP

NOTRE ORGANISATION EST PLACÉE SOUS LA JURIDICTION DU GOUVERNEMENT FÉDÉRAL ET DU PENTAGONE. TOUTES LES MÉTHODES D'ENQUÊTE EXTRALÉGALES Y SONT AUTORISÉES.
AGENTS ET EMPLOYÉS SONT SÉLECTIONNÉS SANS TENIR COMPTE DE LEUR GRADE OU DE LEURS ANTÉCÉDENTS...
ET FORMENT UNE BRIGADE TEMPORAIRE DÉDIÉE UNIQUEMENT À LA RÉSOLUTION D'UN CRIME.
ON APPELLE CET ORGANISME SPÉCIAL D'INVESTIGATION...
STUNTS.
STUNTS...
ICI...
JE POURRAI TRAQUER LE COUPABLE !
GRIP
ギュウウッ..
AH !

AGENT EVANS !
OH !
!
TE VOILÀ.
DÉSOLÉE DE NE PAS AVOIR PU T'ACCUEILLIR MOI-MÊME.
CLAP
AUCUN SOUCI !
BIENVENUE À STUNTS.

MERCI POUR VOTRE CONFIANCE, MATILDA !
JE NE VOUS DÉCEVRAI PAS !
J'ATTENDS BEAUCOUP DE TOI.
GRAOR
"MATILDA" ?!
PSST
DE QUEL DROIT TU L'APPELLES PAR SON PRÉNOM ?!
GRR
PSST
EH BIEN...
GRR
TEDDY !
OUI ?

NYARK
IL Y A DU NOUVEAU SUR TON CAS.
ON A EU DES INFORMATIONS SUR UN AUTRE CADAVRE.
EXAMINE LA SCÈNE DE CRIME AU PLUS VITE.

ENTENDU.
ET AUSSI...
POUR CETTE ENQUÊTE...
J'AIMERAIS QUE TU TRAVAILLES AVEC CE NOUVEL AGENT.
!!
PAR-DONNEZ-MOI...
MAIS VOUS VOUS ADRESSIEZ À MOI ?
IL N'A PAS ENCORE D'IDENTIFI-CATION. OCCUPE-TOI DE TOUT.
OUI.
AGENT EVANS !
J'ARRI-VE.
EUH...

JAMES MARTIN ! ENCHANTÉ !
NYARK
TEDDY ANDERSON.
TAP
J'ESPÈRE QUE NOTRE COLLABORATION SERA DE COURTE DURÉE.
HOTEL
CRiiiK

LE NYPD !! ILS ONT MIS DES BANDES DE SCÈNE DE CRIME.
COM-MENT...
HOP LÀ !
AH !
HÉ !
LA ZONE EST INTERDITE D'ACCÈS ! LE NYPD...
LAISSEZ-NOUS PASSER. ON EST DU STUNTS.
STUNTS
STUNTS ?!
SWIP

PSST
ILS SONT DU STUNTS ?
MAIS NON... C'ÉTAIT PAS UNE LÉGENDE, ALORS ?
PSST
PSST
405
QUAND LE STUNTS ENQUÊTE, IL FAUT LUI LAISSER PLEINE AUTORITÉ SUR LA SCÈNE DE CRIME, NON ?
À DES GAMINS PAREILS...
407
BZZ

!!
H URGH

SI TU VEUX VOMIR, VA DEHORS, S'IL TE PLAÎT.
!
NE SOUILLE PAS LA SCÈNE DE CRIME.
!!
ÇA IRA !
HMPF
BZZ
BZZ
LA MORT DOIT REMONTER À CINQ JOURS.
ON A CONTINUÉ À LUI INFLIGER DES BLESSURES NON MORTELLES...
POUR FINALEMENT LUI SECTIONNER LE SEXE ET LE LAISSER NU.

CE MEURTRE EST VRAIMENT DE MAUVAIS GOÛT.
Please Don't Disturb.
11:40
Sunday, 5/29/
OUI... L'HEURE DU CHECK-OUT ÉTAIT PASSÉE ET IL NE DESCENDAIT PAS...
ALORS J'AI OUVERT LA PORTE AVEC UN PASSE-PARTOUT.
ET JE L'AI TROUVÉ COMME ÇA...
QUE FAIRE, SI JE PERDS DES CLIENTS ?
VOUS VOUS ÊTES AUSSI OCCUPÉ DU CHECK-IN ?
TOUTES MES CONDOLÉANCES...
OUI. J'ÉTAIS EMBÊTÉ, PARCE QU'IL EST ARRIVÉ AU MILIEU DE LA NUIT ET PUAIT L'ALCOOL.
IL M'A DIT QU'IL VOULAIT RESTER UNE SEMAINE, JE LUI AI DONNÉ LA CLEF...
ET JE NE L'AI PLUS REVU ENSUITE.

OUI, POUR LE MÉNAGE, NOUS SOMMES TOUS RESPONSABLES D'UN ÉTAGE ET ON NOUS PRÊTE UN PASSE-PARTOUT.
JE M'OCCUPE BIEN DE CELUI-CI, MAIS...
LA CARTE "NE PAS DÉRANGER" EST RESTÉE ACCROCHÉE TOUTE LA SEMAINE À LA CHAMBRE 407, ET...
JE N'Y SUIS PAS ENTRÉE UNE SEULE FOIS.
JE N'AI PAS SOUVENIR D'AVOIR OUVERT POUR LES QUATRE AUTRES NON PLUS.
QUATRE AUTRES PERSONNES ?
ON ENVOIE TOUJOURS CINQ PERSONNES, POUR L'ENTRETIEN.
ON N'EST PAS DES EMPLOYÉS DE L'HÔTEL, MAIS D'UNE ENTREPRISE SOUS-TRAITANTE.
QUAND ON A FINI NOTRE ÉTAGE, ON VA AIDER LES AUTRES.
COMME JE SUIS LENTE, MES COLLÈGUES ME PRÊTENT SOUVENT MAIN-FORTE.

LE CORPS DE LA VICTIME TROUVÉ À BROWNSVILLE, DANS L'ARRONDISSEMENT DE BROOKLYN...
EST CELUI D'UN HOMME INCONNU DE NOS SERVICES.
NAME?
ON N'A PAS RÉUSSI À L'IDENTIFIER ?
SA PIÈCE D'IDENTITÉ EST FAUSSE.
ET SA SIGNATURE AU MOMENT DU CHECK-IN AUSSI, BIEN SÛR.
NI SES EMPREINTES DIGITALES NI SON ADN NE SONT RÉPERTORIÉS, ET MÊME SON NUMÉRO DE SÉCURITÉ SOCIALE N'A RIEN DONNÉ.
C'EST CE QU'ON APPELLE UN "JOHN DOE".
SELON L'AUTOPSIE, L'HEURE DU DÉCÈS REMONTE AU 23, ENTRE 4 ET 6 HEURES DU MATIN.

CELA SIGNIFIE QUE LE CRIMINEL EST ENTRÉ DANS LA CHAMBRE DE LA VICTIME...
ET L'A TUÉE DANS LES CINQ HEURES SUIVANT SON CHECK-IN...
À UNE HEURE DU MATIN.
Mon 23th
Tue 24th
Wed 25th
Thu 26th
Fri 27th
Sat 28th
Sun 29th
1:00 AM
John
4:00 AM
6:00 AM
Criminal
DEAD!!
11:00 AM
LES CHAMBRES ONT UN SYSTÈME DE VERROUILLAGE AUTOMATIQUE ET IL EST IMPOSSIBLE D'ENTRER OU DE SORTIR PAR LA FENÊTRE, CAR ELLE EST BLOQUÉE.
Please Don't Disturb
POUR PÉNÉTRER DANS LA PIÈCE, SOIT IL AVAIT UN PASSE-PARTOUT...
SOIT LA VICTIME LUI A OUVERT ELLE-MÊME LA PORTE.
LES SUSPECTS SONT DONC L'AGENT D'ACCUEIL...
OU UN AUTRE CLIENT DE L'HÔTEL PRÉSENT AU MOMENT DU CRIME.

05/23/XX 03:57:49
MAIS LES IMAGES DES CAMÉRAS DE SURVEILLANCE MONTRENT QUE L'HOMME DE L'ACCUEIL N'A PAS QUITTÉ SON POSTE.
05/23/XX 01:04:36
ET LA VICTIME EST LA DERNIÈRE PERSONNE À S'ÊTRE RENDUE AU TROISIÈME ÉTAGE.
05/23/XX 13:09:11
PERSONNE N'EST ENTRÉ NI SORTI DES CHAMBRES DU MÊME ÉTAGE, ET CE JUSQU'AU MATIN.
LES CIRCONSTANCES NE NOUS PERMETTENT D'ENVISAGER QUE LE SUICIDE, L'ACCIDENT OU LA MORT DE MALADIE.
MAIS LE CADAVRE EST SANS DOUTE POSSIBLE CELUI D'UN HOMICIDE.

DANS CETTE GHOST AFFAIR...
LE COUPABLE EXISTE SANS EXISTER.
"COMMENT A-T-IL PU ENTRER DANS CETTE CHAMBRE CLOSE ?"
À MOINS D'ÉLUCIDER CETTE QUESTION, L'AFFAIRE SERA CLASSÉE COMME MORT ACCIDENTELLE.
IL Y A DEUX SEMAINES, UN CAS DE "MORT ACCIDENTELLE" SEMBLABLE À CELUI-CI S'EST PRODUIT DANS UN AUTRE HÔTEL.
J'ÉTAIS EN TRAIN D'ENQUÊTER DESSUS, MAIS FRANCHEMENT, JE SUIS BLOQUÉ.
NAME??
LE COUPABLE POURRAIT BIEN ÊTRE UN VÉRITABLE FANTÔME, CETTE FOIS.
ET SUPER SADIQUE, EN PLUS...

QUE SAIS-TU DE CES AFFAIRES ?
ELLES NE PEUVENT PAS ÊTRE RÉSOLUES PARCE QUE LE COUPABLE DISPARAÎT...
ET CES ENQUÊTES ONT DÉBUTÉ AVEC...
LE "CARNAGE D'UN POLICIER", DEUX ANS PLUS TÔT.
C'EST UN CAS HORRIBLE ET SANS PRÉCÉDENT, DANS LEQUEL UN POLICIER DU NYPD A ÉTÉ DÉVORÉ VIVANT PAR UNE BÊTE.
UN MEMBRE DE L'ENTOURAGE PROCHE DE LA VICTIME A ÉGALEMENT DISPARU.

IL S'AGIT DU PSYCHIATRE DE LA VICTIME.
ON A PERDU SA TRACE JUSTE APRÈS L'INCIDENT...
ET ON NE L'A TOUJOURS PAS RETROUVÉ.
COMME LES DISPARITIONS S'ENCHAÎNENT AUTOUR DE CES AFFAIRES...
LES GENS LIÉS À L'ENQUÊTE ONT FINI PAR LES QUALIFIER DE "GHOST".
!!

MAIS LE STUNTS NE SERAIT PAS COMMANDITÉ JUSTE POUR DES MEURTRES EN SÉRIE INSOLUBLES.
HEIN ?
LE PROBLÈME, C'EST CE QUI DISPARAÎT EN MÊME TEMPS QUE LES PERSONNES.
05/09/XX 01:19:41
CE QUI DISPARAÎT ?
UNE PARTIE DES DOSSIERS D'ENQUÊTE...
QUE LE POLICIER AVAIT EN SA POSSESSION ONT DISPARU.

OUI. LE "GHOST" A UTILISÉ LES EMPREINTES DU PROCUREUR ADJOINT...
POUR VOLER DES INFORMATIONS SECRÈTES DEPUIS LA BASE DE DONNÉES DU BUREAU DU PROCUREUR.
ÇA NE TE RAPPELLE RIEN ?
EN D'AUTRES TERMES...
ON NE CONNAÎT PAS SON OBJECTIF, ET ON DOIT L'ARRÊTER POUR CETTE RAISON.
C'EST NOTRE TRAVAIL, EN TANT QU'AGENTS.
J'AI LU TON DOSSIER.
TU AS LAISSÉ UN GHOST S'ENFUIR ALORS QUE TU L'AVAIS EN JOUE.

TU N'AS PAS À AVOIR HONTE.
TU ES UN AMATEUR, APRÈS TOUT.
FLAP
TU N'AS RIEN À FAIRE.
JE N'ATTENDS RIEN DE TOI, DE TOUTE FAÇON.

BLAM
TEDDY A RAISON...
JE N'AI NI TITRE NI EXPÉRIENCE DE TERRAIN...
BATAM
ALORS BOUGE-TOI !
JE SAVAIS DÉJÀ TOUT ÇA, QUAND JE SUIS VENU ICI !!
AH, LUI ? ON L'A PAS VU DEPUIS UN MOMENT.
JE PENSAIS QU'IL S'ÉTAIT MIS AU VERT, MAIS IL A CLAMSÉ ?

TU NE SAIS PAS DANS QUEL BAR IL AVAIT L'HABITUDE D'ALLER ?
LÀ OÙ ON TROUVE DE L'ALCOOL.
UN MEURTRE EN CHAMBRE CLOSE...
COMMENT A-T-IL PU ENTRER ?
?
CLAC CLAC
CLAC

CLIC
05/23/XX
MAIS OUI !!
C'EST DONC ÇA...
UN GHOST ?!
BATAM

LE CERCUEIL EST VIDE.
ES-TU PRÊT À HONORER SA VOLONTÉ ET À SERVIR TON PAYS ?
ANDERSON ...

TÛT
TÛT
VROUM
4e acte
"THE ABYSS ALSO GAZES INTO YOU."
JE VOUS DÉMASQUERAI...
VRRR
6:30
Stop
VRRR

LES GHOSTS !!
キィ…
CRIII
!

HÉ...
IL EST MORT ?
IL N'AURAIT...
QUAND MÊME PAS PASSÉ LA NUIT À BOSSER ?
TAP
TAP
TABAM
IIIK
HANDS UP !!
HEIN ? QUOI ? JE ME SUIS ENDORMI ?!
IL EST SEPT HEURES PASSÉES !!
...

!
BONJOUR, TEDDY !!
BON...
BON-JOUR...
EUH...
J'AI QUELQUE CHOSE À VOUS DIRE.
PAF
PAF
J'AI TROUVÉ !
POUR NOTRE GHOST AFFAIR...
J'AI COMPRIS COMMENT LE COUPABLE ÉTAIT ENTRÉ DANS CETTE CHAMBRE CLOSE.
05/23/XX 01:03:47
1h 30m 10m 1m

JE VOIS... ON DIRAIT CARRÊMENT UN TOUR DE PASSE-PASSE.
MAIS ÇA SE TIENT.
S'IL S'AGIT DU GHOST AUQUEL TU AS EU AFFAIRE...
NON.
CETTE FOIS, JE NE PENSE PAS QUE CE SOIT LUI.
COMMENT ?!

NOTRE TUEUR A PERSÉCUTÉ SA VICTIME...
ET Y A VRAIMENT PRIS DU PLAISIR.
IL N'AURAIT JAMAIS LAISSÉ D'INDICE PERMETTANT DE L'IDENTIFIER !
S'IL AVAIT RÉELLEMENT ÉTÉ CELUI AUQUEL J'AI EU À FAIRE...
ATTENDS ...
TU VEUX DIRE QUE...
IL EXISTE PLUSIEURS GHOSTS, ET IL EST POSSIBLE QU'ILS AGISSENT DE MANIÈRE COORDONNÉE.

MAIS JE NE COMPRENDS PAS LEUR OBJECTIF...
GRIT
PUTAIN...
À QUOI BON RÉSOUDRE UN MEURTRE SI ON NE PEUT PAS ARRÊTER LE COUPABLE ?
SI ON NE LE COINCE PAS SUR LA SCÈNE DE CRIME, IL NOUS ÉCHAPPE.
COMMENT FAIRE ?
RÉFLÉCHIS !
RÉFLÉCHIS !!
...

TU AS MIS COMBIEN DE TEMPS, POUR ARRIVER À CETTE CONCLUSION ?
JE TE PLAINS, D'AVOIR ÉTÉ ENTRAÎNÉ LÀ-DEDANS.
TU AURAIS PU AVOIR UNE BELLE VIE ET UNE GRANDE CARRIÈRE...
MAIS TU AS PRÉFÉRÉ Y RENONCER POUR ATTERRIR ICI. JE TROUVE ÇA ABSURDE...
DIS-MOI...
POURQUOI UN AMATEUR COMME TOI S'ACHARNE AUTANT ?

TU TE TROMPES !!
JE SUIS VENU POUR POURSUIVRE CET HOMME.
C'EST TOUT...
CE QUE JE PEUX FAIRE...
POUR MON FRÈRE.
ON PEUT L'ATTRAPER.

QUOI ?
TAP
TAP
LE COUPABLE ...
LE LIEU DU CRIME...
LA VICTIME...
ON A TOUTES LES PIÈCES NÉCESSAIRES POUR SE DÉBARRASSER DU GHOST.
LA QUESTION EST DE SAVOIR SI ON ARRIVERA ASSEZ TÔT POUR EMPÊCHER SON PROCHAIN CRIME.
ÇA DÉPENDRA DU TEMPS QU'ON METTRA.
RIP
ÉCOUTE BIEN, MISTER MARTIN...
hotel cleaning companies

RENDS-TOI DANS LES HÔTELS OÙ TRAVAILLE CETTE ENTREPRISE D'ENTRETIEN.
OK !!
ET PUIS, ÇA NE DONNERA SANS DOUTE RIEN, MAIS CHERCHE AUSSI OÙ IL A ACHETÉ SES HABITS ET SA VALISE.
OK !!
MOI, JE VAIS DRESSER UNE LISTE DES PROCHAINES VICTIMES POTENTIELLES.
UNE LISTE ?
MAIS COMMENT ? LEUR SEUL POINT COMMUN EST DE NE PAS AVOIR DE NUMÉRO DE SÉCURITÉ SOCIALE...
DES "INFORMATEURS"...

C'EST ÇA, LEUR POINT COMMUN.
NAME?
NAME?
LEURS INFORMATIONS VONT DU NOM DU CHIEN D'UN CHEF DE CARTEL À DES RENSEIGNEMENTS SECRETS DU FBI.
J'IGNORE CE QU'ON LEUR A FAIT DIRE OU FAIT TAIRE...
COMMENT AVEZ-VOUS...
JE SUIS PASSÉ PAR UN AUTRE GROUPE...
JE CONNAISSAIS UN PEU LA DEUXIÈME VICTIME...
GRÂCE À ÇA, J'AI PU SUIVRE SA TRACE, MAIS JE L'AI PERDUE LE JOUR DE L'INCIDENT. JE SAIS MÊME OÙ.
APRÈS, IL NOUS RESTE À EXAMINER **LES PARTICULARITÉS DU CRIMINEL** QUE TU AS DÉCELÉES...
ET À PASSER AU PEIGNE FIN TOUS LES BARS OÙ IL POURRAIT RENCONTRER SA PROCHAINE VICTIME.
TEDDY, VOUS N'ÊTES PAS DU FBI, COMME MATILDA ?

À STUNTS, ON NE S'OCCUPE NI DU GRADE NI DU PASSÉ DES EMPLOYÉS.
ÇA RISQUE D'ÊTRE UN PEU DUR POUR TOI, VU QUE TU SORS DE CONVALES-CENCE.
TU PEUX TE REPOSER, SI TU VEUX.
IRK
MERCI POUR VOTRE GENTIL-LESSE !!
BAM !!!
GLOU

OUAIS, IL
EST VENU
ICI.

ÇA REMONTE À UNE HEURE OU DEUX.
IL BUVAIT LÀ-BAS QUAND UNE JOLIE FILLE L'A ABORDÉ, ET ILS SONT PARTIS ENSEMBLE.
EST-CE QUE CETTE FEMME...
OUI, OUI, EXACTEMENT !
COMMENT TU SAIS ÇA, TOI ?
DASH
QUOI, VOUS PRENEZ PAS UN VERRE ?
QUEL EST L'HÔTEL LE PLUS PROCHE ?
QUELQUE CHOSE QUI CORRESPOND À... AH, VOILÀ ! À CLASSON AVENUE !
POURVU QU'ON ARRIVE À TEMPS !!

HOTEL
BROM
BROM
609
CLONK
ガショ
TCHAK
Bi
Bip
カチャ‥
KACHAK

ON TE TIENT, TUEUR EN SÉRIE !

?!
ALLEZ, SOIS SAGE.
FLIP
METS LES MAINS DERRIÈRE LA TÊTE ET ENTRE DANS LA CHAMBRE.
OK ?
QUI ÊTES-VOUS ?!
VOUS ÊTES PAS DES FLICS !
À QUOI VOUS JOUEZ ?

SBAM
HURRY UP, ARSEHOLE ! (MAGNE-TOI, ENFOIRÉ !)
DES MEURTRES EN SÉRIE ONT EU LIEU À HUIS CLOS DANS DES CHAMBRES D'HÔTEL.
PERSONNE N'A PU Y PÉNÉTRER AU MOMENT DES CRIMES, LES RENDANT AINSI IRRÉALISABLES.
À MOINS QUE LE COUPABLE NE SOIT...

UN GHOST !
UN GHOST ?
AH!
LA BLAGUE ! ÇA POURRAIT ÊTRE EN UNE D'UN TORCHON ÉSOTÉRIQUE !
DÉSOLÉ, MAIS JE N'AI TUÉ PERSONNE, ET JE SUIS LOIN D'ÊTRE MORT MOI-MÊME !
EN PLUS, LES FANTÔMES, ÇA N'EXISTE PAS !!
EXACTEMENT. VOILÀ POURQUOI...
CE SONT DE SIMPLES MEURTRES EN CHAMBRE CLOSE.

COMMENT ?
TU ES ALLÉ DANS LE BAR QUE FRÉQUENTAIT LA VICTIME...
POUR RESSORTIR AVEC ELLE.
PUIS TU T'ES DÉGUISÉ, ET VOUS VOUS ÊTES RENDUS TOUS LES DEUX À L'HÔTEL.
ENSUITE, VOUS ÊTES ALLÉS DANS LA CHAMBRE.
VOILÀ COMMENT LE COUPABLE A PÉNÉTRÉ SUR LES LIEUX DU CRIME.
LA VICTIME ÉTAIT SEULE, AU MOMENT DU CHECK-IN, NON ?
ATTENDS UN PEU...

REGARDE LES CAMÉRAS DE SÉCURITÉ. LE COUPABLE N'EST PAS À L'IMAGE.
C'EST UNE CARACTÉRISTIQUE DE CES AFFAIRES !!
C'EST FAUX...
IL EST BIEN À L'IMAGE...
SOUS LES TRAITS DE LA VICTIME.

TU AS ENDORMI LA VICTIME EN METTANT UN MÉDICAMENT DANS SON VERRE ET TU AS PRIS SES HABITS.
TU T'ES MÉTAMORPHOSÉ EN LUI... ET TU AS MIS L'ORIGINAL DANS UNE VALISE PRÉPARÉE À L'AVANCE.
NOTRE EXCELLENT MÉDECIN LÉGISTE A TROUVÉ DES TRACES DE SOMNIFÈRE.
LA VICTIME ÉTAIT NUE...
PARCE QUE TU NE POUVAIS PAS LA RHABILLER APRÈS L'AVOIR DÉVÊTUE, NON ?
EN TE FAISANT PASSER POUR LA VICTIME...
TU AS EFFACÉ LA PRÉSENCE DU COUPABLE DES LIEUX DU CRIME.

TU AS ENSUITE TUÉ LA VICTIME QUI S'ÉTAIT RÉVEILLÉE.
ET SANS AVOIR BESOIN DE VERROUILLER LA PORTE...
TU ES SORTI DE LA CHAMBRE...
HABILLÉ COMME LE PERSONNEL D'ENTRETIEN...
DONT LES ALLÉES ET VENUES NE CHOQUENT PERSONNE.
QUELLES PREUVES...
OH LÀ...
NOUS EN AVONS..
NOUS AVONS TROUVÉ UNE SIXIÈME PERSONNE DANS L'ÉQUIPE D'ENTRETIEN, QUI NE DEVRAIT EN COMPTER QUE CINQ.
ET SUR LES IMAGES DES CAMÉRAS DE SURVEILLANCE, CETTE PERSONNE NE CORRESPONDAIT À AUCUN DES EMPLOYÉS.
QUE DES CONNERIES ...

VOUS PENSEZ QUAND MÊME PAS QUE JE VAIS GOBER CETTE HISTOIRE RIDICULE ?!
TU N'ES DONC PAS CONSCIENT...
DE TON TIC...
MON TIC ?
AU MOMENT DU CHECK-IN, LA "VICTIME" FAISAIT TOUJOURS LE MÊME GESTE.
LA PREMIÈRE ET LA DEUXIÈME VICTIME...
MAIS AUSSI LE "COUPABLE", QUI A EMMENÉ TOUT À L'HEURE SA TROISIÈME VICTIME...

TU AS LA MANIE DE TAPOTER LA TABLE AVEC TON DOIGT.
ELLE EST LÀ-DEDANS, PAS VRAI ?
LA VRAIE VICTIME, DONT TU AS ACTUELLEMENT PRIS LE VISAGE.

*N.D.T. : Abréviation de Golden Raspberry Awards. Les Razzie Awards sont une parodie des Oscars hollywoodiens et décernent des prix pour les pires acteurs, scénaristes, réalisateurs, etc.

JE NE ME TOURNERAI PAS EN RIDICULE EN NIANT PLUS LONGTEMPS.
SA VOIX !
KACHAK
!!
NE VOUS INQUIÉTEZ PAS. CHARCUTER LES CADAVRES N'EST PAS MON TRUC.
C'ÉTAIT DONC VOUS, LES CHIENS DE CHASSE QUI RENIFLAIENT UN PEU PARTOUT...

ÇA VOUS FAIT QUOI, DE VOIR UN GHOST DE VOS PROPRES YEUX ?
RAVIE DE VOUS RENCONTRER, MES LIMIERS.

VIOUM
SLASH
SHLAK
BAM
TEDDY !
HÉ HÉ... J'AIME LES CHIENS, MOI.
JE DOIS RÉCOMPENSER MON JOLI LIMIER.
SWIP

À SUIVRE DANS LE TOME 2.